自導派新詩選

行蘊藻／著

前序

20210504

「手上的短刀，
是唯一能被賦予的解脫，
因為像我們這樣的魔鬼配不上名為寬恕的歸宿，
只能在無止盡的漩渦中不斷輪迴、自我安慰。
都怪救贖總是慢了一步，
才無法帶領我們走向光明的道路。」

目錄

第一章

一望無際

一、黑

20200811

我隔著螢幕望著你淺黑色的瞳孔，
唯一感覺到的只有空洞。
對著冷冰冰的手機無聲的哭泣，
即便是雙手的餘溫都無法彌補這些傷痛。
在最後一刻我依舊無比痛恨著我們之間的差距。
絕望的腳步聲越來越清晰，
像處刑的劊子手一步一步的逼近，
這一瞬間的我突然有點懷念，
懷念尚未遇見你的從前，
那時的天空雖然只有單調的藍，
但至少不是一望無際的黑。
我的唇角隨著回憶而不自覺的上揚，
像極了初次因你而悸動的喜悅。
「再搭配上鮮血淋漓的艷紅色，
一切就圓滿了。」

二、無題之一‧情非得已

20210311

人聲鼎沸又喧囂嘈雜的舞廳，
在那個鎂光燈聚焦下的角落，
我嘴裡呢喃你的名字，
而你輕輕攬過我，
讓我的頭搭著你的肩膀，
無聲的默契是我們都知道這是最後一次。
像夢境一樣模糊而真實，
卻總是可望不可即，
你的每個笑容都讓我痛苦萬分，
我很清楚，
偏偏像是犯了癮般無法自拔。

外頭空曠的人行道，
迎面而來的是又濕又鹹的暖風，
你把花束和戒指塞在我懷裡，
然後上車離我而去，
突然的一個念頭呼嘯，
是你的心裡其實還有我，
怎奈情非得已，
那些你隱藏的沉吟不語與一籌莫展。
玫瑰的刺劃破我的手，
流下的鮮血比花瓣更鮮紅美豔，
盛開的芬芳與我所知的愛情天差地別，

畢竟我們正一點一點的枯萎著，
而這是最後一次，
你教會我何謂真正的心碎。

三、無聲

20210612

窗邊的濛濛細雨，
芭蕉葉奏出絕美的樂曲，
那熟悉的曲調在輪迴裡打轉，
卻轉不出命運。
你欲言又止的神情顯得格外多餘，
像那朵匆忙想綻放的牡丹，
在一夕之間凋零，
而我學吳儂軟語在你耳邊回答，
是微風先招惹了風鈴。
總算明白了無情為何總讓人如此癡迷，
也懂了一切乃是有聲勝無聲，
但你的情緒已經沉澱了，
連愛莫能助都無法認真假裝。
終於，
我對你微微一笑，
聽風鈴不安定的聲響從搖盪到最後悄然無聲，
看窗簾上繡的折枝牡丹隨風搖曳，
你曾說，
我的笑顏不如花。

四、有聲

20210614

曾經的你帶我去過池塘邊，

看水中的錦鯉璀璨奪目，

自由自在的生活於牠們的小小世界裡，

水車轉動著我們的回憶，

池邊步道被我們踩出呼呼呀呀的聲響，

周圍的綠葉紅花陪襯我裙擺上那朵巧奪天工的牡丹，

都顯得黯然失色，

當時的你笑稱，

是我的面容艷壓群芳。

微風吹起了所有謊言的面紗，

那些油腔滑調不過是你的手段罷了，

欺騙感情的手段。

是從何時開始的呢？

我曾經深愛過的面孔，

慢慢的隨著那朵牡丹枯萎了，

窗邊的風鈴不再吟唱，

哪怕風起也沉默著，

如同你始終不願意開口辯解，

對於我的原諒更是不屑一顧，

害得那麼多紅塵喧囂在結局被迫有聲轉無聲，

倉促草率的劃下句點，

但我從中領悟到，

凋零的花定會有再開的餘地，

哪怕需要非常漫長的等待。
終於我綻放出一個釋懷的笑容，
原來啊，
錯誤從來不是微風先招惹了風鈴，
而是他對風的欲拒還迎。

自導派
新詩選

五、無題之四・索然無味

20210508

教室的窗台邊，
是那張熟悉的桌子，
抽屜裡停置著完整的一個曾經，
和一層厚重的灰。
都怪那年的我們太過單純天真，
年少恣意又自大狂妄，
錯把承諾當成風裡的一抹黃沙，
以為吹進眼裡流點淚，
就勉勉強強能算是一筆勾銷，
沒想到最終卻刮起了龐大的沙塵暴，
把不曾受挫的我們傷到體無完膚。

於是你萬念俱灰的把回憶全部塞到抽屜裡，
連同我一起反鎖在那年的夏天裡，
不論被關在房內的我如何咆哮、咒罵，
猛力拍打著上了鎖的門，
你皆充耳不聞，
然後匆匆收拾行李逕直離開。
「致命的錯誤能夠輕易打敗那些不易累積的所有。」
所以我成了你這輩子最想遺忘的存在。
你拍掉的橡皮擦屑，
連同我斷掉的筆芯留在地板上，
我的臉頰貼著你曾經的座位，

漸冷的餘溫是我唯一的慰藉，

你走後，

這世間索然無味。

窗邊的夕陽漸漸沉沒於黑夜之中，

我彷彿聽見了從遠而近的腳步聲，

到教室前方後赫然停止，

再由近而遠的緩緩消散。

從希望到絕望其實就像是太陽從升起到落下，

根本不會為了那些莫名其妙的理由而動搖，

一切全是我自作多情的誤會了，

這冷漠無情的城市何時陪伴過哪個孤獨的人在原地等著他的最愛回來？

從來不曾。

六、到理想國流浪

20200921

我坐在我搬來的凳子上，
望著市政廳廣場來來往往的人潮，
身邊是一罐罐的空酒瓶，
隨意的喝著新開瓶的白酒，
任由它從我的嘴角滑落，
我想把自己灌醉到不省人事。
教堂的神聖映著自由的光芒，
照耀著這座充滿波羅的海風情的城市，
我沐浴在天父的愛寵之下，
讓憂愁和孤單調和成了彩色的顏料，
大膽潑在老城區的石磚道上。
中世紀的神祕擴散到恬靜幽雅的氛圍中，
歷史的一點一滴逐漸的浮現，
對街陌生的手風琴家疾步而來，
主動為我演奏一曲，
而我遞給他一瓶尚未打開的啤酒，
邀請他和我一同買醉。
夜晚兩個人互相攙扶跟蹌的走回旅館，
我在他酡紅的臉上偷香，
而他把他的風衣披在我的身上，
我笑看他凌亂的淺色頭髮，
告訴他其實我想要買一張單程的機票，
到一個陌生又熟悉的理想國流浪，

雖然我未曾到過此處，
但我相信我會愛上這個浪漫的地方——
就像我雖然不曾親吻過愛人的臉頰，
但我知道那個感覺一定很美妙。

七、無題之七・朝朝暮暮

20210813

昨夜的月波清齋耀目傾城，
今朝的牽牛花開攀牆而上。
在萬叢綠影中的一點紅，
總有股令人迷亂的錯覺，
讓彼此以為這份愛情是亙古不變的，
凝視著深淵裡的含情脈脈，
情不自禁的在聚焦下吟唱著，
「又豈在朝朝暮暮。」

然而消逝在香風裡的情話綿綿，
喜鵲無法替他們尋回。
這段本該是悲劇收場的愛情，
不過是剛好得到了七夕正午的豔陽美化，
才勉強苟且偷生到午後，
註定活不過今晚的牽牛花，
慌慌張張纏繞住綺麗的笑容，
拼命的想在生命的最後留下點什麼，
卻帶不走孤獨夜晚裡的月光。
朦朦朧朧是個高明的騙術，
讓癡情男女們都有種執迷不悟，
深信著兩情必能久長時。
哪怕只有一個人的單相思。

八、無題之五·無足輕重

20210626

我們難得能並肩坐在綠油油的草地上，
你卻忙著與詔媚的友人說笑，
我眼神瞥到晶瑩剔透的汗水快速的順著你的輪廓滑過，
那種太熟稔而產生的輕率，
存在於我們之間，
如同汗珠毫不猶豫的往下落，
從不考慮停留。
其實我不像眼前的天空，
澄澈的青藍又毫無浮雲般的自在逍遙，
但你總是無所謂的任由我在你身旁來去自如，
不曾開口說一句挽留，
那群所謂的朋友，
只會在背地裡用另一套面孔說著你的流言蜚語，
誰能看懂你一貫的不耐煩與敷衍的語氣？
喔，
除了最常被你打發的我。

是不是我去而復返太多次了，
讓你以為我不會真的丟下你不管？
第一次約會時你替畏寒的我披上外套，
那樣的溫柔已經消失了，
我早該看清事實，
對你而言我根本就是無足輕重的存在吧？

所以我要遠走高飛，

去一個從今往後再也不會遇見你的地方。

你就繼續留在這裡，

晴空萬里和碧草如茵，

與那些不離不棄的朋友們繞著你打轉，

忘掉我比吸引鎂光燈的注意容易太多了。

但為什麼，

在我拍掉你搭在我肩上的手，

起身離開後，

你偏偏要追上來呢？

用著我最熟悉的方式，

說著我最陌生的話語，

明明一直都是無所謂的，

卻在這裡說要放棄一切與我一同離去。

我怔怔的看著你那抹玩世不恭又飛揚跋扈的笑容，

默默在心裡告誡自己別再上當了，

就是因為太了解彼此了，

以致於隨便一個眼神就能明白對方的想法：

這定是從那群狐朋狗友學來的新把戲，

絕對不是真心的。

我不停勸服自己這次一定要離開你，

別又再心軟了。

卻不自覺的，

回握了你緊緊抓住我的手，

然後聽你用無所謂的語氣，

若有似無的輕聲說了句：

這一次是認真的。

九、櫻花

2019|2|7

我們在那樣的街頭相遇，
臉色是這樣的狼狽，
時光是這樣的青澀。
淡淡的櫻花香縈繞於四周，
細膩體貼的你什麼也沒說，
只遞給了與你有過一樣的痛的我一張紙巾，
陪我哭陪我笑，
扶持著走出了千瘡百孔，
但是當我想把手遞給你時，
你卻消失得無影無蹤，
留我一個人在原地痛徹心扉，
哭得不能自己。
時隔多年，
當時的櫻花樹又開了花，
那股香氣醺然使人的眼淚又不爭氣的滑落，
我意識枉然的遊蕩在過去，
突然的一陣騷動，
突然的花瓣飛舞，
突然的傷感剎停，
突然的我回過神，
然後決定不再回頭了。

十、無題之九·羊腸小徑

為何不沿著主幹道繼續前行呢？

非要帶著我走上這條路絕人稀的羊腸小道。

為何不學別人對我視若無睹呢？

偏要親手摘掉我的面具，

讓我的真實全貌在你面前完全展露。

哀莫大於心死，

我的世界早已沒有半點色彩，

只好例行公事般的一遍又一遍的重複，

乏味到有了點意義的生活，

他是個熟悉到近乎陌生的伴侶，

用冷漠和逃避經營著我們無止境糾纏的日常，

浪擲綱常與責任的墨水，

揮灑自如的替我作出一幅幅名為生命的畫。

但你的電話聲響從今年入冬開始，

不斷的侵蝕我脆弱的內心，

那又短又長的五個小時裡，

你的點點滴滴開始滲入乾涸的土壤中，

試圖掙扎些什麼。

我那灰暗無光的天地間，

你是獨一無二的一株艷紫荊，

在貧瘠的冬天裡仍舊毫不畏懼的綻放屬於你的色彩。

於你而言，

倫理與道德的框架是否都有如糞土般讓你不屑一顧？
於你而言，
這條荒無人煙的小徑是否才是唯一通往羅馬的道路？
偏偏這樣的你，
是我眼裡絕無僅有的光芒，
是我人生絕無僅有的哲理，
我願意為了這些暗渡陳倉得來的珍貴時光付出所有。
從此，
在我黯然無色的世界裡，
只剩下你張狂的艷紫色，
再也容不下任何一切了。

十一、祕密

20210916

然後我們偷偷躲在牆邊，

心驚膽顫的往外窺視，

害怕著後方的誰又追了過來，

誰又要將我們置於死地。

窗外的陽光那麼燦爛，

但我們只能窩在陰暗的一隅提心吊膽，

為什麼？

明明擁有別人眼裡一切的美好，

深愛、信任、彼此，

唯獨沒有自由。

烈日再高掛也難以照亮我們存在的地方，

一輩子，

或許是一輩子，

我們只能生活在黑暗之中，

永遠不得見天日，

既然如此為何還要緊握對方的手？

就像被鎖在鞋櫃的玻璃鞋，

美麗而易碎，

註定無法在門外的世界留下足跡，

我們的愛情是不能與人言說的祕密。

十二、異鄉

20210424

八個小時的差距是最諷刺的藉口，
你曾是我的城堡、我的依靠，
一夕之間卻全數崩塌。
不可置信，
夜晚裡我的所有思念和卑微，
難道全是異地的你在白晝裡的快活與逍遙？
手機的解鎖螢幕還是你的笑容，
無名指上的戒指是你給了我一生的承諾，
你曾說過，
你的心會成為我永遠的歸宿。

但感情隨著時間的消逝而腐敗，
只會變得又臭又爛，
像十九世紀時煙波浩渺、碧波蕩漾的泰晤士河，
在工業的污染渾濁之下被蹂躪得體無完膚。
離鄉背井的漂泊遊子，
漫無目的在倫敦的街頭流浪，
隨波逐流的一葉扁舟，
尋尋覓覓一處可停泊的碼頭。
天色濛濛，
斜風細雨無處歸，
普天之大，
竟無一隅得安放。

十三、無題之三・一望無際

20210407

蔚藍的天空，

一望無際的海洋，

白色城堡的窗外是波光粼粼的景，

陽光的燦爛綻放了你的微笑，

讓夏日的熱情在我羞紅的雙頰上閃耀著，

一不小心丟了魂，

迷失到你的懷抱裡，

你身上的淡香精沖散海水又濕又鹹的味道，

我好似聽見你爽朗的笑聲，

消散在一陣又一陣的海風裡。

宛如童話故事般的美好，

轉眼間已經變成了一段不值一提的回憶，

如今的我再也不會，

不會再走我們一起走過的沙灘，

也不會再看我們一起看過的海浪，

更不會再去我們一起待過的任何地方。

明媚的陽光隨著時間流逝而枯萎，

盛夏酷暑的炎熱只讓我感覺心如死灰，

萬里晴空不停嘲諷行屍走肉般的我踏著重複的步伐，

迄今依舊找不到歸去的路，

外頭不斷的謠傳關於離開我以後的你，

終於得到夢寐以求的自由了，

於是迫不及待的展開雙翅翱翔天際，
順著一望無際的愛琴海一路向南，
路途中經過傳出聖歌的白色教堂，
吟詠的是我們曾經擁有過的愛的真諦，
但你始終沒有放慢腳步過，
仍是毫無留戀的走了。

十四、書房

20210610

電風扇一圈又一圈的轉動，
卻被窗邊的暴雨聲淹沒，
書房外沒有所謂花香，
只有梅雨季節的悶熱不停的襲擊煩躁的心緒。
獨處的時光總是孤單而充實，
有時我感覺它廣漠得不著邊際，
有時卻又覺得它如彈丸之地般渺小，
被消磨殆盡的那些不斷告訴我，
要我趕緊離開，
從耳機傳來一句又一句慫恿的私語，
也勸我快點逃亡吧，
去任何一個能自在逍遙的地方，
都好過待在這裡胡思亂想。

樓下的大門，
只要推開就能自由了，
雖然被大雨傾盆淋得渾身溼透，
但在不遠處的樹旁，
初戀他還沒走遠，
只要追上就能挽回他了，
從後面抱住他，
對他訴幾句衷腸，
就能回到從前那樣，

兩個人甚至還能再一起，
一起去天涯海角、四海為家......

電風扇一圈又一圈的轉動，
耳機在耳邊還溫柔的唱著：
「......當我還愛著你的時候......」
書房外根本沒有任何花香，
只有內心的細語不斷的重複說著同樣令人煩躁的話，
想逃卻不知道何處可躲，
一切都要歸咎於這裡實在是太狹窄了，
小的全世界只剩一個你，
但又過於寬闊了，
大的全世界除了你以外我竟找不到任何人。

十五、無題之二‧滿地狼藉

20210315

我厭倦了那種又甜又膩的滋味，
於是把整盒的 Guylian 放在抽屜裡，
讓它自己慢慢的融化，
我也不再相信你說的每句話了，
因為每個字都是謊言，
你只把我當成青春裡短暫停留的表演劇團，
像是閒暇之餘取樂的消遣。
上個週末的見面，
我再也無法忍受任何事了，
對著你歇斯底里的咆哮、怒吼，
把你送給我，
所有我曾愛護珍惜過的東西，
發了瘋似的往地上猛砸。

一陣風暴之後，
你走了，
我也終於自由了。
滿地的碎片狼藉，
默默的描述著我們之間曾擁有過的年少輕狂，
在最後的盡頭變得面目全非。
我呆愣的坐在地板上腦海一片空白，
關於我們的愛情、我們的過往，
在那些回憶裡我卻找不出半句溫柔，

是什麼讓曾深愛的兩個人只剩下了互相傷害呢？

直至午夜時分我終於恍然大悟，

就如同一個巧克力禮盒，

味道、賣相絕佳且非凡，

但只要被放在一個不對勁的環境裡，

總有一天會被那些曾深愛著它的人，

當成一件毫無價值的廢物，

這與我們的愛情全然相同，

因為所有的情分早已被我們遺忘在了那年的夏天裡。

十六、如果你是沙，那我成為風。

20210819

如果你是註定會從手裡溜走的細沙，
那我想要成為一陣飄搖的風，
隱密的、安靜的，
把你吹拂到最自由的遠方；
如果你是夜裡露出詭譎笑容的下弦月，
那我定要成為一層厚實的雲，
大肆的、囂張的，
為你遮掩住最醜惡的地方。
如果你選擇留下，
那我就像偷到花蜜的蝴蝶一般，
在滿地的凋零裡翩翩起舞，
最後藏身於從天而下的回憶碎片裡，
微笑著散落；
如果你徑直離去，
那我會像從南方歸來的候鳥一樣，
為你築一個堅不可摧的巢，
默默的留在原地等待遙遙無期的某天，
你原路折返回我的牢籠裡。
如果牽住你的手是一種枷鎖束縛，
那我情願鬆手而成全；
如果沒有我的海洋才能悠遊自在，
那我寧可蒸發而消失。
如果於你而言這樣才是真正的愛情，

那我甘之如飴，
永遠守候在你的千百公里之外。

第二章

孤芳自賞

十七、玉盤

20190323

那晚的月光很美，
像一條有著點點星光的薄紗，
在歌姬的舞動下熠熠閃耀。
當時的我只是個陪襯，
唱著歲月的歌，
哼著時光的調，
如黃鶯出谷般飛過了幾個宛轉。
曾經翻錯過無數篇樂章，
走錯過萬千次的路，
才能勉強明白一個道理——
就像明媚的玉盤永遠只會附在逍遙的天空一樣，
離開你我是做不到的。

十八、每陣風吹來都充斥著心碎的味道

20200424

你送給我的卡片，

筆墨已經糊了，

那些發自肺腑的感情，

一點一點的都散了。

如同我對你的情深，

哪怕有過再鮮明的曾經，

也絲毫不敵命中注定的緣淺。

雖然這是我一直都明白的，

但沒有你的世界，

真真如此孤寂、貧瘠，

沒有半份的喧鬧與活力，

每陣風吹來都充斥著心碎的味道。

十九、發酵

20190614

每個地點有特殊的場景可賞，
不同時節有不同的食物需嘗。
綜觀一個人的一生漫漫長路，
雖然那個人只是途中的一隅，
卻是當時唯一想留下的珍物。
即使十幾年過去了，
也能偶然回味過去最寶貴的東西，
像時光發酵成的酒，
越漫長越濃烈越珍貴。

二十、緊握

20180213

你是她最想遺忘的記憶，

每一次接觸每一句笑語每一個眼神，

都是一種折磨。

她犧牲年華歷盡滄桑，

都是為了你。

請不要折磨她不要再折磨她，

承載一輩子的感動不適合這樣被揮霍，

豁出去的勇氣不該那樣被耗盡。

所以，

這一次就緊緊抓住她，

那熟悉的聲音熟悉的味道熟悉的眼神，

是原先的心跳最初的感覺。

她願意交付真心願意把手伸出去，

請不要再猶豫，

這次就牢牢牽住她別再錯過。

二十一、我以為的四季之四・我以為的秋天

20190326

那年秋日裡金黃色的田園有如沙灘，
遠方的青天藍如碧海，
任由西風柔柔的拂動稻穗，
恰似一陣又一陣的波浪拍打岸上。
你的笑容特別耀眼，
我沒忘過，
刺得我眼疼，
卻又捨不得閉上；
你的聲音暖若毛衣，
總是能安慰人受傷的心靈，
即便汗水淋灘也不願褪下。

那段時光離我太遠，
就算看似在目也不過一片模糊，
我曾想原路拾起，
在蜿蜒的狹路上不停的往前，
卻回到了比原點更遠的所在。
我也曾不甘願過，痛苦過，掙扎過，
絕望過，憎恨過，埋怨過，
最終只化成了一把細沙，
任由金風吹向遠方。

我以為那年種下的果是甘甜可口的，

現下才完整明白了，
根本不是想像的那麼美好。
我無動於衷的吸食一把又一把未熟成的檸檬，
任酸澀在身體中蔓延著。

二十二、埋汰

20180503

必須花上很多代價，
才能得到自己渴望但別人棄之如敝屣的。
必須耗費許多力氣，
才能大方得體的與他笑語。
必須等待一個時機，
才能替補上場立在他身旁。
必須通達偽裝，
才能表面平靜無波瀾。
必須先學會刺自己一刀，
才能在他捅自己時還優雅的道謝。
必須找到可被利用的理由，
才能讓自己名正言順的存在。
不過是卑微到厭煩了卻又無法全身而退，
只好暗地裡埋汰幾句，
明天依舊是你的完美隨從。

二十三、我以為的四季之二·我以為的冬天

20190317

我記得你好些年前送我的油紙傘早已破舊不堪，
上頭的彩繪也早已褪色，
留下一整片的泛黃平凡，
可當時我卻只想帶著它去賞雪。

那一天夜晚的山頭上，
沒有雪，
沒有人。
一旁的樹上梅香環繞，
任肆意的北風發怒也不離開枝頭，
雨還在不停的下著，
像一支無力的安眠曲哄人入眠。
我連開傘都懶，
孤身享受這哀戚的寂寞與雨珠。

暗沉的天空漸漸被淡灰染色，
我頭頂上不知何時多了一把傘，
替我擋著風，
擋著雨，
一如你好些年前給我的諾言，
那般的安定人心，
那般的誠懇美好。
東方的朝陽探出了頭，

金黃色映著漫天的雪花，
和一旁的梅花相伴共舞，
落到了我的肩上。
你的懷抱模糊了我冰冷的視線，
淚悄然的滑過臉頰，
讓我無暇兼顧眼前的盛景。

我仍舊記得那一年的冬天不尋常，
初雪才落下，
我的心卻是溫熱的。

二十四、愛你一千天

20191030

愛著你的每一天都會多添一道傷口，
而如今我早已千瘡百孔，
看不清原來的模樣。

我回頭，
沿著來時的道路試圖回到最初，
但是路途遙遠，一片漆黑，
唯一的燈火忽明忽暗閃爍不定，
我看不清前方。

其實愛著你的時光都是被耽誤的年華，
一廂情願的感情就像是行道樹開了花，
卻只能孤芳自賞，
而我等了三輪花開花落才總算明白。

二十五、想念也想見

20190127

一步一步走來，
我們好像漸漸沒了話可講，
可是你的一個眼神過來，
我就能馬上領悟，
彷彿當年如膠似漆的模樣，
這應是多年的糾葛培養出的默契。
不過，
這一路走過，
漸漸明白，
有千山萬水橫在我們之間，
我們的處境差距千里，
並不是什麼腦子一熱就能克服的。
你有你得守護的，
而我有我該負責的，
各方面的重量壓在彼此的肩上，
讓我們不能自私，
不能因一時衝動就棄之而去，
不能為兒女情長而長相廝守，
這是我們心知肚明卻不說出不點破的事。
你是我最想念，最想見，
卻不敢，也不能見的人，
更是我曾想過要相互扶持走過一輩子的人。
我很自私，

但願意為了你放下高傲自尊，
願意為了你一生庸俗平凡。
未能成果，
或許是上天給予我們生命的解答，
哪怕結局不如我們所願，
哪怕我不能微笑看你走遠，
我仍舊由衷的感謝，
並祝福你，
一生安好。

二十六、夢

20210828

一陣捎來溫暖的風，

吹散了盛開的花，

徒留枯萎的葉片和我們的回憶，

在黃昏的照耀下，

漸漸褪去所有色彩。

想方設法緊握與你的點點滴滴，

可為什麼眼淚卻模糊了那些歡聲笑語？

在無數的悲痛中，

我沒有勇氣選擇面對或是離去，

貪婪而自私的待在你的身邊，

以為這是一種贖罪，

卻不停的給你帶來傷害。

但你對我說，

無論發生什麼都不會鬆開牽住了我的手。

即使是罪孽深重的我，

也有得到幸福的資格嗎？

黑夜裡的星光熠熠，

在每個輾轉難眠的時刻，

那片天空中的你的笑容忽明忽滅。

我能否恬不知恥的繼續待在你身邊？

你不必原諒我，

因為我依然會笑著說，

有你的一切都非常美好。

雖然我不知道這個虛偽又溫柔的夢會不會幻滅，
但至少，
至少在結束前，
我想讓你知道，
哪怕時光荏苒萬物皆逝，
唯獨我對你的愛會亙古長存，
這一定不是夢。

二十七、你是我的北極星

20200822

你是我的北極星，
在四百光年外的地方獨自閃爍著，
為我指引方向。
我朝著你的指示蹣跚的一步一步走向你，
但我總在徬徨之際想著放棄，
因為與你的距離太遠了，
我走不到。
只有我一個人前進，
只靠單方面的力量怎麼可能會相遇？
我根本不可能做到。

二十八、遺憾

20200202

在人潮中與旁人擦身而過，
雖然知道那不是你，
但我還是會回頭。
就像開了無數遍的那株櫻花，
雖然知道人已不再，
但我卻忍不住的回想，
那年秋天的那個午後的那抹背影，
和那年春天的那個黃昏的那抹微笑，
拼湊成了我們一起渡過的韶華和時光。

很抱歉的，
我們的故事是如泡沫般的遺憾。
雖然我們早已各奔天涯不再交錯，
雖然我們的愉快和美滿只有轉瞬即逝般的存在，
雖然我還是沒辦法釋懷，
但當時的你握住我的手的溫度，
確確實實的融化了那些阻礙，
讓單純而年少的我明白了什麼是奮不顧身，
什麼是愛。

二十九、沒有你的全世界下著雨

沒有你的全世界像是一場永無止盡的雨，
是那樣的自由又是那樣的快活。
用把傘擋著外面的眼光，
用一滴一滴的水洗去為你穿上的妝，
能洗掉因你而存的千百種情緒，
能做一個真實而不被束縛的自己。

沒有你的全世界是多麼舒心，
不用瞻前顧後的卑微討好，
只要我願意，
我就是我自己的主宰，
我就是我自己的主角。

沒有你的全世界我看不見陽光，
無需被強烈紫外線照射，
不用被光線刺的睜不開眼，
不會因炙熱燒烤而不耐煩，
不必擔心中暑。

沒有你的全世界下著一場永不停歇的雨。
那雙快五年的帆布鞋泡了水，
沾滿了淤泥，
我......
我想，大概是一輩子也洗不清了吧。

56

三十、我以為的四季之一‧我以為的夏天

20190315

我以為那一年的我們不會改變，
以為那一年的我們不會分開，
以為那一年的我們還是一樣，
甚至天真的以為就算那一年的濕熱揮散了，
暖風拂過了，
蟬聲靜止了，
夏天依舊在這。

現在終於明白了，
野火總會燒盡的，
終於明白了，
芙蓉總會枯萎的，
終於明白了，
筵席總會散場的，
終於真正的明白了，
互相最後總是會變成孤獨的。
七月的暖風薰著人略微陶醉，
飛揚的槐花被驟雨打的抬不了頭，
滿身的汗水淋漓黏黏稠稠，
那年的盛夏著實美好的讓人忘記所有，
我就這麼踩著狂亂的舞步，
無感的過了無數個日子。
我知道夏天還是在的，
沒有你的夏天還是在的。

三十一、逃跑

我最擔心的事還是發生了。

如果可以，
我想把你帶走，
帶你逃離這個讓你讓我都心碎的地方。
但你太過執著，
太高傲狂妄，
你決不會接受這樣的安排，
甚至抗拒我們任何時刻的接觸。
我是沒有靈魂沒有思想的空殼，
而你是斯德哥爾摩症的患者。
沒有根據沒有理由，
我們的關係了了而終。

三十二、枷鎖

20210513

想嘗試一次墜入泥沼，

把自己弄得一身骯髒不堪，

感受何謂難以自拔。

從不覺得愛惜羽毛是一個人的美德，

若是未曾失足墜落過，

又怎會明白自由翱翔天際的可貴？

不願變成只能開在鏡子裡的花，

而是想變成存在於現實中，

一朵憑藉自己的努力綻放的美豔的花。

昨日夜裡，

因為所有的一切而感到悲憤、傷感，

卻遺忘了真正的幸福是悄然充斥於生活瑣碎中，

那些稱不上回憶的碎片。

總在困圍中做徒勞無功的掙扎，

被鎖鏈束縛著，

久而久之也就無法想起，

其實所有的枷鎖都能夠被自己解開的。

第三章

四面楚歌

三十三、一個人躺在草坪上

20190401

一個人躺在草坪上，
天上的星月無光，
唯有厚重的烏雲像洶湧的波濤席捲而來，
心是沉重的嗎？
大概是吧。
我的內心被絕望的岩塊填滿，
浸泡在水裡不斷下沉，
我不停掙扎，
但越掙扎水面越高，
最後我沉到了最低處。
從我耳邊游過去的，
是人們不屑的嘴臉和嘲諷的言詞。

實在太悲慘了，
你的所有付出和心血，
努力和犧牲，
在他們的眼裡都只是癡心妄想，
都只是徒勞而功。
「快承認吧，你就是個敗類，廢物。」

我到了最底層，
然後最終……
沒有什麼最終了，

人都溺死了還來談什麼，
不過都是屁。

三十四、癒合

有天，

我突然發覺，

受過的傷並非不能癒合，

而是自己根本不肯治療。

只因為害怕某天猝不及防被人揭開了疤痕，

寧願選擇疼到抓狂，

血流不止也要留住記得。

原來一切的哀號呻吟都是庸人自擾。

三十五、罪魁禍首

20211101

當初的我不明白，

為什麼急促的心跳聲，

會如同落在擋風玻璃上的雨點被雨刷帶走。

明明你就站在那裡，

我只要伸出手就能緊緊握住，

偏偏那時我老想著如何從這個場景逃脫，

至下一個陌生到令我心安的地方。

後來的你把冬夜裡明亮的參宿四當成禮物送我，

想讓我知道，

你無論如何都會支持著我，

會站在我身邊陪伴我，

但我像跨年晚會散場後姍姍來遲的慶祝煙火，

華美絢爛卻為時已晚，

總是後知後覺方能領會你的真情愛意，

抱歉，

原來我才是造成我們之間不斷錯過的罪魁禍首。

三十六、詛咒

20170503

月光之下，

你是否依舊在乎我的感受？

還是你寧可搭乘那班輪船，

陪伴你的新歡，

飄洋到你鍾情的愛琴海？

又或者登上高樓，

陪伴你的新歡，

向下俯瞰整個不夜城？

那抹閃爍的霓虹，

倒映的是我的隻身；

那輪溫和的明月，

唱和的是我的孤僻。

你不必擔心我的死死糾纏，

我怎會捨得高傲如我得卑微如他的低聲下氣？

上空繁多的星光是我對你的恨，

凡間無數的塵埃是我的詛咒，

憎恨你的絕情，

詛咒你的愧疚。

無須再解釋。

三十七、愛囚

具體完成時間無從考據。

樓宇大廈，
城府深的不可臆測。
誘惑無知沉醉其中，
霓虹炫麗迷住了雙眼，
波濤洶湧席捲矜持，
縱情聲色，
忘我的熱舞，
幾杯烈酒，
虛假的快感猶作現實的浪漫。
這是，
名為糜爛的牢籠，
身陷其中無法自拔，
誤以為能夠得到解脫。

三十八、愛慕如火

20171215

這一切都是如此的毫無意義。
抗拒你的一切入主我的生命中，
就像兵將捍衛守城。
但我心尖上的所有武裝，
在你一個無心的笑瞬間崩解。
心跳聲撲通撲通的顫抖著，
等待你的末世審判。
你指尖滑過我的左手邊，
如電流竄進右心房，
怦然心動的感覺如火焰般燃燒，
引燃了深埋已久的愛慕之情，
一發不可收拾。

三十九、淚

20190925

不自覺的，
溫熱的淚水在眼中積累，
因為你覺得一切實在是太痛了。
這些年的委屈和苦楚，
點點滴滴慢慢匯集成了淚珠，
毫不留情的奪眶而出，
劃過你因為激動而漲紅的臉龐，
也奪走了他這些年吝嗇給予的，
所剩無幾的溫度，
冷冰冰的落到地上，
像是摔了一地的玻璃碎片，
只帶來破裂的如今，
還有傷口與鮮血。

自導派
新詩選

四十、芳華

20180528

我還握著你手心的溫度，
空氣裡似有若無的芳華，
好像仍縈繞於心而不散，
記憶裡那抹無奈的淺笑，
依舊倒影在心海中，
波瀾起伏也未曾消逝。
我也假裝經過你的一切，
像是邂逅一般那樣匆忙，
把自己變成腳下的淤泥，
默默數著你經過的次數。

若我說，
「入秋的波斯菊已綻放。」
你會不會滿心歡喜的忘懷曾經，
想陪我去欣賞滿庭的芳菲？

但事實上，
你只是重複飛蛾撲火，
奢望若似玫瑰般的愛情，
卻忘了上頭的刺，
因此被扎了數百回。
每回都痛不欲生，
不停用眼淚澆灌早已凋亡的感情，

這點我倆異曲同工，

活該生不如死的被愛折磨。

四十一、四面楚歌

具體完成時間無從考據。

苦難的源頭，
是守不住的真心，
每近一步，
終是傷痕累累的敗退。
被鏽蝕的理智，
無力捍衛積弱的尊嚴。
我在你給的絕望裡，
四面楚歌。

四十二、錯

20170513

人孰能無過？
所以你做的每件事，
你犯的每個錯，
都是不得已的，
都是再正常不過的。

但我應該有，
應該也有權利，
可以鬧脾氣，
可以不滿意，
可以不原諒你。
你沒有資格怪我無理取鬧，
不能推卸你應得的後果。

人孰能無過？
可我又犯了什麼錯。

四十三、殘燭

20210515

像盛夏時節突如其來的傾盆大雨般，
一個又一個的慘劇接踵而來，
打的我們都措手不及。

喝完最後一口酒的人，
把香菸摁熄在煙灰缸裡，
也試圖做點什麼力挽狂瀾，
最後的掙扎，
一切卻還是束手無策。

異鄉人和過客爭先恐後的向南逃離，
無處可躲的人只能留守在原地，
任由家園被外敵入侵、破壞，
整座城市亂了套，
灰暗的天空無法承載著我們的安逸，
於是全數崩塌，
那狹隘的房子是碩果僅存的最後一道防線，
外面的世界風聲鶴唳，
恐懼像是看不見的塵埃卻無所不在，
人們驚恐徬徨的表情像一朵一朵的花全數綻放，
不斷祈禱希望能像照亮黑夜的太陽一樣，
在最為關鍵的時刻升起。
於此之前的我們不論做了什麼都是徒勞無功，

只能面面相覷、無言以對，
一籌莫展的守著屋中殘燭靜靜等待著天明。

四十四、諼

具體完成時間無從考據。

美夢如流星般轉瞬即逝，
我冷不防被打入暗沉的地獄。
早已粉碎的尊嚴像利刃劃破我的軀體，
熔化的自由如硫酸一點一點腐蝕我的面目，
而付諸的所有心血都化作一把細沙，
隨狂風颾至觸及不到的遠方，
惟我一人被一場無果的感情荼毒的面目全非，
連殘骸不剩的蹂躪殆盡。

我把被踐踏的真心磨為塵埃，
一把撒向天際，
乍現遍地已枯萎的萱草。

四十五、奉陪

20171226

你的要求太過分，
你讓我把你當成我的唯一，
只圍繞你信仰你全心全意的愛你，
而你自己選擇成為一隻蝴蝶，
留戀聲聲色色的花叢中，
用不屑的嘴臉對真心待你的我。
像瀑布的冰水潑熄熊熊烈火，
我被你害的傾家蕩產，
這次我不會再受騙，
不會再被騙不會再被騙，
請你自行做你可笑的美夢，
我就不奉陪到底。

自導派
新詩選

四十六、雙面

20181217

一面貪戀他的味道，
卻一邊懷念另一個人的懷抱，
只因似有若無讓人孤寂難耐。

心像不停擺盪的鞦韆忽高忽低，
力爭上游卻又隨波逐流。
好不容易穩穩站在他的面前卻擔心受怕，
擔心手上的污穢髒了他純白的手，
害怕手裡的餘溫熔化了他的高傲。

秋風吹不散瞻前顧後的懊惱，
埋在心靈深處的鐵鎚，
時不時的敲碎一層一層的偽裝，
像癲狂的瘋子暴躁的不停發著牢騷，
純粹只是若即若離讓人失去理智。

唯有看著他的身影漸行漸遠，
而後轉身投入另一個人淒涼的懷裡。

四十七、其實

20200108

我以為我們的故事結束了，
其實還在連載。
以為我們的篇章開始了，
其實止步不前。
以為我們的緣分已盡了，
其實藕斷絲連。
以為我們的情感燃起了，
其實擦身而過。
我以為，
過去過了、現在在了、未來來了，
但其實，
過去、現在、未來，
就是個悲哀的等價關係，
總不斷的重複輪迴。
我其實都明白的，
只是天真的以為，
懵懂無知能換來一絲你的心疼，
但是，沒有。

四十八、冬天已至

20210108

冬天已至，
我終於看透自己的心思，
和你的想法。
北風不停的吹拂，
我的心慢慢的結霜，
下雪，
凍結到無知覺。
是什麼樣的勇氣讓我堅持下去呢？
不重要了，
因為那些偏袒與特別闖了禍，
我被迫承擔不該需要肩負的過錯，
必須秉持著自己的原則與立場，
才能不給予你特殊，
這些搖擺不定是對未來的失責，
也是對你的傷害。
那年的花一直開在我的心裡，
現在我得讓它枯萎了，
親手葬送那些生命與希望，
一下子我整個被打垮，
但我只能把這些苦痛的端倪藏起來，
不能讓任何人發現一點蛛絲馬跡，
然後不斷的告訴自己：我們不可能了。
唯有自欺欺人才能得到最後一線生機。

第四章

痴男怨女

四十九、改不了的回憶

20170505

很多事，

你以為你已經忘了，

忘了那些美好嚮往又不堪回首的往事。

可他卻確確實實的存在腦海深處。

等到那些過往被人硬生生的扳開，

赤裸裸的暴露在外，

你才發覺你不曾遺忘，

只是不願承認他已深深的烙印在你心上。

因為再怎樣懷念的感覺，

終究只是懷想，

終究還是改變不了一個事實——

他是回憶他是過去。

五十、改不了的過去

20170506

若那一天真的到來，
請求你不要假裝忘了那些，
專屬於你和我的時光。
在未來，
不論在你身邊的人是誰，
他都無法阻止曾發生過的那些事，
也無法取代那段時間的你和我。
他能用現在對我顯擺，
而我有過去能對他囂張。
這是你無法改變的唯一。
無法改變的唯一。

自導派
新詩選

五十一、廢棄的城

20200520

像下一整晚的滂沱大雨
水漲而沖毀了橋樑，
卻沒能拔起沿岸的楊柳樹；
突然來的一陣狂風，
捲走了飛揚的旗幟，
卻沒能順道帶離我的心思。
早已看破是你一個隨意而無心的舉動，
便能讓我自以為堅實而穩固的圍牆崩塌，
但我對你的愛卻還執迷不悟的想守著一座廢棄的城，
等著出現轉機能重修這座破舊衰敗的城，
盼著遠走高飛的少年回來這座斷垣殘壁的城。

84

五十二、突然的幸福

20170501

令我突然很開心很幸福的事，
例如你和我眼神交流，
例如你和我搭話，
例如你在關注我。
不論如何，
只要你心裡有一部分有我就好，
留下一點點空間給我就好，
這樣我就會很快樂很幸福很滿足。

但我不會讓你知道。

我不會說，
不會說，
我自知就好。
而你也無從得知。

五十三、曲調

20191206

突然回憶起當年的我們時常一起蹲在角落裡，
聽著我們都喜歡的歌曲。
你的存在鮮明渲染了我的視線，
而歌星嗓音渾厚的流進我們的耳裡，
慢慢落在心房，
填滿了整個空虛，
溫暖了全部冷漠。
當年的我還那麼純真懵懂，
不明白愛的是那首琅琅上口的歌，
還是總願意陪著我的你。

直到了很多年過去的今天，
才感慨原來當年的那些平凡不過的事情，
都在幫助我能渡過最痛苦無助的日子，
同時也是頻繁帶給我艱澀絕望的原因。
突然那首已經厭煩的曲調在耳邊似有若無的響起，
但你的身影早就消失於我的眼界之外。

五十四、迷迭香

20170312

曾經，
只要你肯，
我願意卑微的如塵埃，
只求你的陪伴。
可我等了幾個季節，
如今滄海桑田，
曾幾何時，
我就不願了。
我不知道。
我只知道你已成了過往，
成了我忽略的那道風景。
而後我珍貴的向日葵凋謝，
開了滿地的迷迭香。

五十五、你是我的金星,維納斯。

2020 1 2 31

一年五個月又十三天,
那句問候至今未曾說出口,
我膽小、卻步,
想忘記回憶卻越來越清晰。
思念如火山噴發了,
高溫灼燒燙傷了我的全身,
卻沒辦法燃燼我的情感。

遙想當年,
電梯裡泛濫著你的髮香,
讓我意亂情迷,
鏡面反射你的笑容,
像是夜空中獨一無二,
比星星耀眼的存在,
你的眼神閃爍著熠熠的光芒,
燦爛奪目,
總能照亮這世界無邊無際的黑暗。
你就是我的金星,維納斯,
我要在夜晚的西方與你相會。

五十六、變相報復

20170507

或許有那麼一天，
你突然感覺自己好像缺了什麼，
你發現我們的關係不如以往，
雖然不知道為什麼會這樣，
但你仍想盡全力彌補。
到那個時候我不會潑你冷水，
但也不會再回頭。
若凡事都要等你體悟了才開始著手挽回，
若凡事都要按著你的步調向後向前，
這樣太不公平了。

雖然感情之中沒有分什麼公不公平。

即便不能衡量彼此之間的付出誰多誰少，
至少我們曾經真心相待。
到那個時候，
也許我想的只是人生無常，
想的只是無奈惋惜。
而你的執著可以再次打動人心，
你的堅決可以感化所有。
等到那時候，
雖然我發誓不再回頭，
仍然還是可以給予你祝福，

但我不會回頭。
就算我依舊牽掛你，
依舊是放不下你，
我也會狠下心讓自己錯過你，
遺憾終生後悔當初。

沒有為什麼，
無關歲月，只是累了。

五十七、樟木

2020/2/2

這些日子從沒有好過，
幸虧我學會了如何用過去的籌碼欺騙自己，
假裝你還在我身邊。
所有的回憶都像是被寄託於風，
樟木的老葉枯紅隨之飛揚，
一點點的不對勁我都大驚小怪的當成傷感，
接著惱羞成怒把舞動的葉片往地上丟，
可是它彷彿在嘲諷我一般，
慢悠悠的飄落到地上，
而後還囂張又不屑的問我：
「你死心了沒有？」

慶幸的是你還記得我，
還懷念著我們的情誼，
讓我有種錯覺，
自欺欺人的以為我們的距離沒有想像中遙遠。
沉重的過去就像是熊烈的火焰，
所有的希望都已在樹梢被燃燼了，
樟樹的果實也一顆顆的落下，
然而最可悲的還是我自己執迷不悟，
不想面對我們早已無法挽回的結果。
「我到底心死了沒有？」
這句話我問過自己無數次，

自導派
新詩選

卻遲遲等不到一個完整答案。

不過枝頭上的新芽遲早會重新開始，

鮮嫩的綠葉將再次被夕陽鍍上一層橙紅色。

無人知曉的是，

傍晚的餘暉其實最為可貴，

因為它總能祥和且無私的奉獻予這個世界柔情，

實乃生命中不可多得的溫暖，

人類終其一世都在尋找這份美好，

可惜那並非所有都能夠獲得且領悟的，

但這將永遠會是我此生瑰麗的珍寶，

如同那年冬天你的笑容一般。

五十八、我很驕傲

20201221

手機的螢幕亮了又暗，
暗了又亮，
我希望那是你傳來的訊息，
多寡不重要。
鬱悶一掃而空，
他們不懂為何，
也不知怎麼，
我偷偷的微笑，
到合不攏嘴。
說著心裡最深處的真話，
沒有任何人可以明白，
但我從不覺得孤獨，
因為我知道不論過了多久你還是懂我，
一個眼神一個動作一次呼吸一次眨眼，
就能夠知曉所有，
那種默契和感應，
誰也無法代替。
訊息短短三行，
我們分隔兩地，
但我就是能想像著你坐在我斜前方，
用我最熟悉的語氣，
搭配著柔和的雨聲。
我很驕傲，

有一個那樣的你在我身邊，
雖然我一個字都無法向外人炫耀。

94

五十九、紅磚瓦塊

20190418

偶爾的微風掃過綠葉，
沙沙作響有如青春臨門又悄然離去的腳步聲，
帶走了當年的我與當年的他，
用著無意揚起的枯枝落葉，
覆在了熟悉的地方，
讓記憶趨於模糊，
最終成了自然循環的一支。

夕陽很美。
另一頭的月色也清冷的別緻，
像是冰火交融的矛盾，
卻又恰到好處的合奏。
當時的情景太過複雜，
有那麼一瞬間好像全世界只剩下我與你了。
陌生的擁抱於懷，
但熟悉的感覺充斥著我的全身。
我想永遠的留下深刻，
卻總是做不到，說不出，
只留下一輩子的懷念與後悔，
用餘生歲月細細品嚐。

紅磚瓦塊砌成的房安安靜靜的杵在那，
默默記下一切。

殊不知我什麼都想掩埋，
什麼都想忘卻，
只希望能留住當下最美的黃昏，
最柔的徐風，
和最愛的你。

六十、書

狹小的房間裡放著一個老舊的書櫃，

裡頭的書成堆。

我拿了最上頭最新的那本，

白底的扉頁用紅色在角落寫著小小的你的名字。

書裡的內容，

滿滿凌亂不堪，

卻又溫柔繾綣的字跡，

千篇一律，全是深情的我愛你。

六十一、相知相惜

20180302

在距今已久的時間裡，
雖然什麼都沒有留下，
但唯一能確定的是，
那時的你就是你，
而我就是我，
沒有什麼特別不特別的，
也沒有什麼隱瞞不隱瞞的，
好似那時的我們只剩下彼此了，
鑽石的武裝都能在面對面時卸下，
這樣的相知相惜。
然後突然的一聲蟬鳴，
把沉溺在夢裡的純真嚇醒，
接著恍惚的過了仲夏，
猛烈的北風颳起，
我們便失散了。

六十二、金黃色的陽光

20190927

我希望我從未醒來過。

微風就這麼輕柔的撥弄我的衣衫，

你的頭髮比往年的冬日長了一些，

我的臉上還有著單純美好的笑容，

你的眼裡除了我以外什麼也沒有。

沒有恨，

沒有淚，

沒有痛苦，

沒有絕望，

除了我們之外，

沒有他，

什麼都沒有。

夏日的陽光灑在我們身上，

發出金黃色的光芒，

身心靈都沐浴在彼此的溫暖中，

一點一點的解凍。

而這一切像是一場太不真實的夢，

我希望我從未醒來過。

六十三、無題之八・七年之癢

20211116

陰曆十月的天空像褪色的牛仔褲殷，
上凸月是它唯一的裝飾品，
那樣單調樸素。
數十公里的距離加上七年之癢，
有如你我之間的鴻溝，
在揮霍殆盡至空白的時光裡，
我們之間的感情還剩下什麼？
除了陳腔濫調的回憶之外？
在你獨自痛苦的每個瞬間，
觸碰不到你的我還能給你什麼？
除了不值一提的眼淚以外？

沉靜的鄉道上，
兩側鐵皮屋的工廠被矮小的行道樹遮住了，
我的車子斜後方，
戀戀不捨的夕陽從一片一片的樹葉間散落，
到柏油路上卻始終不完整。
在一滴一滴的眼淚中，
反射的月光照耀在過往的你我臉上，
那時的我們像永不褪色的衣裳殷穠麗多情，
而今的我們卻學會了如何枯燥無趣的佯裝微笑。
早就知道了，
硬撐著的感情拍拖到最後只會有破碎的結果，

偏偏我們寧可捨棄原來的信仰，

也要祈求還有著彼此的明天能再次到來，

一天又一天的孤獨，

一夜又一夜的乏味，

我們最初所期盼的幸福未來究竟在哪裡呢？

幸虧你還像從前一樣，

總是無法袖手旁觀，

看著輝映月色的眼淚從我勉強的笑顏上滑過。

六十四、寒露

2021 10 17

在秋色盤踞了滿林的枯葉，

我為已去的夏日感到傷懷時，

你平靜的說道，

萬物的蕭瑟乃是必然。

當我憤慨的疑問著，

為何天空不受四季更迭的影響而能永遠的淡藍？

你平靜的說道，

因為天空的顏色是無數痴男怨女的眼淚構成的。

菊雖經霜而不凋，

但若是末秋時節只有一片了無生氣的黃，

未免過於令人窒息？

晚風來的狂野，

我及肩的髮絲被吹拂到凌亂不已，

你捎來的信息在我手心裡字跡漸漸糊去，

金秋的夜較酷暑更讓人難耐，

我忽然憶起分別前夕，

荷雨花香月光，

應是浪漫情韻四溢，

而今的你如寒露的暴雨般卻是最為詩情畫意。

第五章

歲月更迭

六十五、府中，就此別過。

20201223

府中的夜空有著霓虹燈閃爍不定，
宛如我的心在進退維谷，
因為十二分鐘前的我偷偷點了你的肩膀，
對你說了句無關痛癢的玩笑話，
沒別的意思，
可你卻當真了。
回想我們的第一次見面，
你的黑色毛帽、橘色口罩，
但我眼裡只有你右手無名指上的戒指，
從開始那就只是個誤會，
這一切不過是種錯覺，
我不知道罷了，
卻還要讓場面徹底困窘尷尬，
我無數次的後悔自己草率行事。

你的溫柔敦厚體現在你的全部，
而我卻只有不斷增加的踟前躊後，
兩條不相交的平行線想要奢求特別的什麼，
需要付出太多太多，
最終還有可能失去所有變成一場空。
走過參天大樹就會有落下來的葉片，
經過湖泊旁邊得擔心潛伏暗處的蟲，
沒有什麼事情是可以毫無代價獲得的，

104

想要全身而退的唯一方法，
是從一開始就不曾前進過。
所以我決定把握剩餘的緣分，
不矯揉造作，
也不多此一舉，
大方對你露出了最後一個微笑，
無疾而終的感情就此別過。

六十六、鯉魚

20181110

曾經，

我也為你許下終身不渝，

而今，

你獨自安好我傷春悲秋。

想與你再次漫步於那小徑上，

如今只是妄想，

當初怎麼都不懂得珍惜呢？

揀一朵野花予你做禮，

幸福也可以那般平淡美麗，

而當年的我卻毫無察覺，

直至經歷那麼多關頭才赫然明瞭，

當時的那一切是愛。

不是錯覺，

真的都是愛。

但為什麼現在才發現？

上天讓四季更迭，

但總有再逢的一天，

可我的歲月交替，

卻只換來永遠錯過。

你與我曾在小徑上十指緊扣，

說著未來的未來都要相攜而行，
現在我卻把你弄丟了，
任憑我徘徊在人流之中，
怎麼尋也望不見你的一絲蹤跡。

就這樣結束了，
分離了，
闊別了我們的兩小無猜。

誰也沒有回過頭，就這樣各自散了。

六十七、春雨

2018/1/12

來春，
以淚化作雨，
澆灌土壤滋養大地，
祈求花朵溫柔綻放。
願以此，
換來你一生的理解與原諒。
願以此，
換回我們蹉跎的時光。

六十八、太遠

20180305

突然翻到你的照片，
發現你還是一如往常，
還是我記憶裡的模樣，
還是那個弧度的笑容，
還是如此的陽光燦爛。
可惜我已經離你太遠了，
太遠太遠了，
遠到我們早已脫離彼此的世界了，
遠到讓我有種我丟下了你，
但你依舊在原地等我的錯覺。

六十九、花襯衫

20200926

橘紅色的暮靄別在西岸的天空，
台灣欒樹的不開花是燎原的序章。
讓表情保持在最甜美的笑容，
舉手投足之間洋溢著滿滿的活力和朝氣，
光芒萬丈般的熱情毫無保留的四射，
但你卻在我最閃耀的時刻戴上了墨鏡，
拿著廉價的團扇一下一下的搧風，
一點一點的數落今夏苦熱的折磨。
被你冷落的每次忿恨在每個細節都添上了一星火苗，
隨著一件不起眼的小事爆發至不可收拾，
內心嫉妒的狼煙亂竄，
隨著火花四濺瘋狂的延燒到無遠弗屆。
而你的花襯衫隨著微風飄搖，
飛揚的淺棕色頭髮暗示著煙消雲散的尾聲——
處心積慮鋪墊的一切終將燃成灰燼。
我唇角盪漾的笑意逐漸沉澱，
偽裝若無其事的高雅成了最後狼狽退場的糗樣。

七十、夏日艷陽

20200820

操場邊的寶礦力映著艷陽而波光粼粼，
烈日親吻著你的髮梢，
將熱情毫無保留的釋放。
我在一旁的樹下故作巧合瞥了一眼，
你額上的汗水順著面頰的線條滑落，
落在地上好似盛綻的鮮花，
烏黑的眼睛像六月天琴座的流星雨閃爍，
臉上展露的笑容如繡球花一樣燦爛而美滿，
與你短暫的眼神交會總能令我神魂顛倒。
在即將結束的學年裡，
我仔細將你的點點滴滴全裝進透明的瓶子裡，
當作八二年的拉菲般悉心珍藏。

暑假著實太悠長了，
苦夏的炎熱讓人焦躁難耐，
繡球花早已和天琴座一同退場，
我把剩下的紅酒倒進香水百合的盆裡，
不停歇的逼問它相同的問題——雖然它始終沉默著——
「我什麼時候才能再見到他？」
窗臺上殘留著六月的激情，
我看著它又蹦又跳的乘坐上了驕陽，
隨著光束的舞動鑽過層層樹蔭，
最終順利降落到了地面，

於是我也開始幻想著自己能學會飛翔，
帶上香水百合的祝福與我同行，
然後跨越橫在你我之間的漫漫長河，
哪怕須得焚盡早已為數不多的炙熱與愛情，
我也要搭著金秋的順風來到你的面前。

七十一、情書

20201226

那個落英繽紛的下午，
我鼓起勇氣遞給妳手寫的情書，
在韶光淑氣的春景裡，
我以為我的初戀能像百花一般蓬勃綻放，
然而妳冷漠的眼神掃過，
我不禁哆嗦的顫抖，
被撕毀的情書變成碎屑像雪花一般飛舞，
口口聲聲的嘲諷不停的重擊我受傷的心靈，
這滿園的春色全都是一種假象，
第一次覺得妳的心比冰塊更凍寒，
再怎麼努力也不可能為我而熔化，
我沒有把握能將它焐熱。

事實上妳的貴客名單長長一串，
各式各樣的人包括我的朋友同學都在其中，
唯獨我不在上頭。
我懷疑妳的心像是一座水井，
而妳人在井的最底部，
所以無法看見我的存在。
我是沒有那些人出色、優秀，
但他們沒有人像我這樣在乎妳，
「難道這就是愛情裡的盲目嗎？」
種種的猜疑盤旋在我心裡甚久卻始終無解，

就這樣我與妳分別，
分別後依然惦記著妳，
就好像妳是我生命裡的指引，
如同北極星一般的存在。

多年後我才知道，
其實妳的心不過是一道鎖，
有密碼就可以通過，
看似簡單明瞭但我卻不知道密碼為何，
直到現在也是，
可我已經不在乎了，
身邊來來去去的很多人，
總有一兩個願意為我駐足，
她是沒有妳那樣燦爛、奪目，
但卻比妳還要愛我。
北極星的光越發黯淡了，
那年被撕毀的情書早已被我遺忘到冬天的角落，
時光荏苒卻又不曾帶離過什麼，
現在的我牽著她的手，
一步一步走過曾經落英繽紛的午後，
她的笑語嫣然總會替我埋葬妳的冷心冷肺，
到了那一天我的世界從此不會有妳的痕跡存在，
而妳永遠也不會記得從前有過那樣的一個我，
忐忑不安的帶著我親手寫給妳的情書，
最終被妳撕毀、羞辱，
那個一敗塗地的我。

七十二、甜蜜

2019/12/01

在某個當下，
因為你簡單的舉動，
而讓我的心裡滿滿都是你無意間給予的甜蜜，
像河流潰堤氾濫般從心房裡衝了出來。
很想要找個地方找個人，
與他娓娓道來，
分享你給我的這種甜蜜。
但是我的話還未到咽喉中就被嚥了回去，
不為別的，
而是我不知道要從何說起我們的關係。
突然的感到了一陣惶恐與害怕，
畏懼著那種一言難盡，
那種也沒什麼，
那種根本就是自己的自作多情，
那種到頭來都是一廂情願的感情。
所有的甜蜜被這種不確定性變質成了酸酸澀澀——
疑似曖昧的單戀。

七十三、單戀的你

20190930

你的味道像是雨後的天橋上的黏膩的泥土味一般，
讓人感到清新又興奮，
彷彿撥開雲層之後見到的，
溫柔的彩虹挾帶金色的微弱的光芒。
我總是在站牌那陪著你，
錯過了多少次我應該把握住的機會，
但我都不在乎。
因為單戀總是像混混沄沄的水流，
順著老牆的裂縫流落而不規律的洗刷地面，
總以為濺起的水花是浪漫的泡沫，
殊不知真相其實是如同堅硬的漆黑的尖銳碎石一樣，
讓頑強又愚蠢的人們一而再，再而三的受傷。
但對當時的我而言，
單戀的你就是我的全世界。

116

七十四、我以為的四季之三‧我以為的春天

20190320

沒有任何理由。
那個當下，
那個時候，
我突然就想起了我們的點點滴滴。
年華似錦，
歲月倉促，
我依舊記得你的笑語盈盈，
似那年的春風溫柔如沐，
我還記得一起走過的那叢杜鵑花，
美麗嬌媚的風情勝過世間萬物。

曾經走過的所有風景，
是不會被遺忘的，
不論是一絲一毫，
我都會記得一清二楚。
當時你的面容，
哪怕如今再模糊我仍是記著，
當年的那場雨，
哪怕再過久遠我也記著，
那把傘那個人那場景，
像大理石上鐫刻的字句，
是永不磨滅的痕跡，
而那一叢杜鵑花，

是最美的回憶，
如同我的春心我的愛情，
完美無暇的盛開了，
永久的盛開在我忘不記的過去。

七十五、重逢你

20210527

那個遠景是白天突然來的一陣滂沱大雨，
渾身溼透的我匆忙跑進屋裡，
一眼望去，
他們面有難色的看著你又看著我，
而我愣在原地，
居然認不出你了。
過了多少年，
我曾為你流過的眼淚早已乾涸，
你在我心上留下的傷也完全癒合，
連條疤都沒有。
你離開後我用盡全力的振作，
把你忘得一乾二淨，
開始不留遺憾的生活，
我以為你已經永遠被歸類於我不會再想起的過去了，
卻在這裡，
毫無防備的重逢你，
但我不會再為你傷感了，
那份不值一提的情愫，
被一點一點的無所謂侵蝕成碎屑了，
生命告訴我們世上的一切沒有一個是能留住的，
我順著時光的長河邁進，
到達了名為釋懷的中途點，
因此才能毫無顧忌與隔閡的問你：

「我順路，要載你一程嗎？」

暴雨後的陽光普照，
總是會把那些過去都蒸發，
因風而起的落葉，
只有大地明白何時算是真正的放下。

七十六、慶幸

20181120

無比慶幸，
終於可以摸著良心說我無愧於你。
幸好時間把悸動撫平了。
幸好怨恨把感情磨蝕了。
幸好曾經痛苦的都不再折磨了。
幸好當年在乎的都雲淡風輕了。
幸好所有的一切都回歸正常。
幸好面對過往都能一笑而過。
幸好我已經不再需要你了。
由衷感謝上蒼，
能夠完全放下。
若在很久很久以後突然想起當年的我和你，
定會感到無比慶幸，
因為當年我沒有真的愛上你。

七十七、無題之六・畫地自限

20210710

若我不曾畫地自限，
是否到了現在，
我們還能客套兩句話？
拎著早餐店的奶茶，
從教室的走道路過你的身旁，
吝嗇是我擅長敷衍無關緊要人的態度。
相距不遠，
卻不曾有過任何交集，
才是平行線的真諦，
好似早餐店隔壁，
那個我從未消費過的小吃攤。

畢業後兩個月你們都選擇了歇業，
帶走了我六年的青春往事，
那杯被我放棄的豆漿，
在最陽光的午後臭酸了，
於是我把它倒進了水槽，
連同當年驕傲清高的自己。
如果我選擇了悔恨，
算不算一種對曾經的背叛？
恐懼是妄圖對過去的自己全盤否定，
卻又擔心這一切只是惘然。
熟悉的嘈雜和味道出現在我迷惘的時刻，

像那個我每天經過的街口，
地上的污漬永遠都躺在那個地方，
其實只要懂得閃躲就足了；
像七樓那間高中的教室裡，
陌生的你總坐在我回憶的走道上，
其實只要不去注意就夠了。

七十八、黃色鬱金香

20210728

與你告別以後，
我們再也沒有聯絡，
宛若那束嬌豔過的黃色鬱金香，
盛開了、凋零後，
瞬間被遺漏在角落。
曾經的美好究竟為何呢？
那年四月的暖風吹拂，
你的頭髮一絲一絲飛揚，
嘴上輕輕說著那些至今我仍聽不清的話，
蟬鳴漸近，
我陷入春去夏臨的哀愁裡，
根本分不出心思去注意你歡快的言語中，
竟充斥著滿滿即將分離的傷感。
樹影婆娑，
讓頭頂上的陽光無法直視下方，
被光滑的綠葉反射回天空中，
就像友情竭力盡能的朝著萬古長青前行，
卻因外力阻撓而鎩羽，
我們被迫承受從熟稔轉變為陌生的過程，
眼睜睜看著回憶斑駁、脫落，
化為塵埃卻無計可施。
唯一的慰藉是構築那段往事的養分，
全數來自於你給予的美好，

在經過無數風霜與沉澱後，
最終讓過去再度綻放出嶄新的黃色鬱金香，
芬芳四溢、美麗動人，
一如當時這般要好的我們。

自導派
新詩選

七十九、重蹈覆轍

20201001

我清楚你想要的是什麼，
因為現在的你就是曾經的我啊，
可是親愛的，
你從來都不試著明白，
強求永遠換不得你想要的一切。
你像冥頑不靈的石頭，
認定後就執迷不悟的往前走，
可是親愛的，
頑固與倔強並不是萬靈藥，
而是一把雙面刃，
總在你最出其不意的時刻狠狠刺你一刀，
然後嘲笑你的狼狽不堪，
讓你的狼藉成為所有人的笑柄。

於是我自毀我的名聲，
成全你的體面，
獨自扛下全部的非難，
保護你的天真。
而你怨恨的瞪著我，
咒罵我的愚蠢，
咆哮道你的自由被我徹底剝削，
但你卻忽略了我的苦楚，
所有掙扎與為難。

126

後悔的淒涼有多麼傷感，
懊惱的滋味有多麼無助，
我只是不想讓你重蹈我的覆轍，
但你卻無視我絕望的眼淚，
任由它們隨著枯萎的落葉飛舞。

八十、孤獨是今天不停歇的雨

2020 I I I I

十五年前的我依偎在你身邊，
聽你娓娓道來和我父母的相遇，
咖啡的香氣四溢，
你倒了第一杯高山茶給我，
而我記得那個味道應該是甘甜的。

家常的回憶零散而瑣碎，
那天我剛滿十五，
你特地買了蛋糕而我專程跑了一趟，
你說你還記得我小時候的模樣。
我看著你越來越長的指甲，
和仍然烏黑的頭髮，
偷偷憧憬著未來的幻想，
從沒想過我們的故事會乍然終止。

他們告訴我們總得學習釋懷，
努力看淡，
可是誰也沒有經歷過，
怎能強求我們第一次就上手？
刻意的關心像是一層OK繃，
但傷口仍在底下隱隱作痛，
我試著領會那些徬徨的善意，
卻無法停下腳步。

一點一滴的悲切交織綿延，
四周的一切模糊不清卻又稀鬆平常，
不止的眼淚與無聲的嗚咽是這世界的唯一解答，
在心裡我清楚的明白，
孤獨是今天不停歇的雨。

後記

我從沒想過我能到達這裡。

從十六歲寫下第一首新詩開始，到二十一歲能夠出版第一部新詩集，我不知道該說什麼，除了感激以外。

我自認自己是個感覺派的作者，我很難，也沒辦法在無感的時候寫出所以然，許是因為如此，我的作品產出速率非常低，畢竟人也無法每天都吃一模一樣的飯菜對吧？不過，我非常確定，所有作品都能表達出當下我的九成情感，至於剩下的一成，大概就是因為感覺太豐富太複雜了，導致文字無法完整表達而失去的。

詩集名稱「自導派」是出自何處呢？與我寫的前序有點關係。就像因為等不到救贖，所以只好自己了結自己的悲情角色一般，人在受傷、挫折時，等不到別人的關心，只能自己舔舐傷口。而我覺得這種自我安慰就跟自導自演一齣難看的肥皂劇一樣諷刺滑稽，因為從頭到尾在這場戲裡，就只有一個人在出演——自己。而這部詩集大部分的作品都是我在自我消化這些負面情感，不論是來自於現實還是其他，所以我認為，只有「自導派」這個名稱最能表達我想呈現的感覺。

整部詩集一共五個章節，是因為這部詩集的創作年分橫跨了整整五年；而每章十六篇，是因為在這部詩集裡我寫出第一首作品時的年紀是十六歲，至於章節名稱的來源，是從每章的各首新詩裡挑最符

合主題的詞彙取成的。

　　第一章的大部分內容都是來自於「虛構的故事」，而我認為，故事的靈感就像是一片汪洋一般，永無盡頭，所以取名「一望無際」。

　　第二章的內容我覺得有點大雜燴，因為當初在編排時，我直接把不知道要歸屬哪裡的作品都丟到這邊來了。取名「孤芳自賞」，並非是取這個詞彙的原意，而是我想表達，哪怕是孤獨的一朵花，自己也會欣賞自己的美好。

　　第三章「四面楚歌」的作品內容多半是在表達被包夾的無能為力，而我自己也覺得閱讀這個部分時，有種孤立無助之感，故取名之。

　　第四章主談男女情愛糾葛，但取「痴男怨女」的主因，其實是因為要好的友人在聽說我打算出詩集時，特別問我：「啊痴男怨女（寒露）有沒有放進去？」所以我為了她特地選了這個名字。

　　第五章全部都是寫給我現實生活中的人。從一面之緣的人、沒什麼交集的同學、分開的友人，到曾經暗戀的對象都有，而取名「歲月更迭」是因為那些人的存在，遑論歲月如何流逝、季節如何更迭都不會因此消失。

　　到此時，我必須承認，那就是，我是在無感的情況下寫出這篇後記的，要說為什麼無感呢？我也不知道，就別再為難我了吧。為此我曾向友人抱怨過，我寫不出後記這件事（這困擾了我快兩個月），友人則回答我：「你可以不用寫後記啊！」的確是這樣，但我仍然堅持

寫了後記，為什麼呢？原因只有一個，因為我不喜歡虎頭蛇尾的感覺，既然有了前序，沒有後記叫什麼有始有終？所以我咬著牙也要從我貧瘠的腦海擠出點水來。

　　最後，再次感謝一路上支持我的所有親朋好友，在我迷惘的時候能夠給我支持與鼓勵，無論是有意還是無心，微小還是無限，我能走到今天這一步絕非偶然，而是因為有你們的存在，你們讓我變成了這世上最幸運、最幸福的人。

　　從今往後亦是。

20220129 行蘊藻

國家圖書館出版品預行編目資料

自導派新詩選／行蘊藻著. --初版.-臺中市:白
象文化事業有限公司,2022.05
　　面; 公分
ISBN 978-626-7105-52-8(平裝)

863.51　　　　　　　　　　　　111002895

自導派新詩選

作　　者　行蘊藻
校　　對　行蘊藻
發 行 人　張輝潭
出版發行　白象文化事業有限公司
　　　　　412台中市大里區科技路1號8樓之2(台中軟體園區)
　　　　　出版專線:(04)2496-5995　　傳真:(04)2496-9901
　　　　　401台中市東區和平街228巷44號(經銷部)
　　　　　購書專線:(04)2220-8589　　傳真:(04)2220-8505
專案主編　陳婷婷
出版編印　林榮威、陳逸儒、黃麗穎、水邊、陳婷婷、李婕
設計創意　張禮南、何佳諠
經紀企劃　張輝潭、徐錦淳、廖書湘
經銷推廣　李莉吟、莊博亞、劉育姍、李佩諭
行銷宣傳　黃姿虹、沈若瑜
營運管理　林金郎、曾千熏
印　　刷　基盛印刷工場
初版一刷　2022 年 05 月
定　　價　250 元

白象文化　印書小舖 PressStore　出版 · 經銷 · 宣傳 · 設計
www.ElephantWhite.com.tw　自費出版的領導者　購書 白象文化生活館